DÉPOT LÉGAL
Gironde
N° 263
1858.

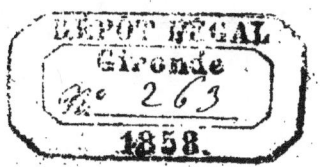

NOUVELLES AIGUILLES

BAGATELLES EN TOUT GENRE

PAR

ÉZAÏDA

ou

Mademoiselle HÉLÈNE ARPIN

AUTEUR des ANCIENNES AIGUILLES et de ZOLO et AMORIS

1re LIVRAISON.

Honte à toute plume vénale
Qui, d'un art faisant un métier,
Et s'avilit et se ravale
Bassement se faisant payer.

Honte à toute plume immodeste
Qui corrompt et ternit les mœurs ;
Ce fléau, pire que la peste,
Révolte tous les nobles cœurs.

A ces excès je ne me livre ;
J'écris tel que Dieu commanda.
La vertu parle dans mon livre ;
La vertu, c'est EZAÏDA.

Se vendent au profit des Pauvres.

« Payez la dîme à l'indigence,
« Et le Bon Dieu vous bénira. »
(Le Bon Pasteur.)

Prix : 40 centimes.

SE VENDENT :

A BORDEAUX, CHEZ FÉRET, LIBRAIRE, FOSSÉS DE L'INTENDANCE.
à Paris, chez les principaux libraires,
et un peu partout.

1859.

Ye

37573

NOUVELLES AIGUILLES

BAGATELLES EN TOUT GENRE

PAR

ÉZAÏDA

ou

Mademoiselle Hélène ARPIN

AUTEUR des ANCIENNES AIGUILLES et de ZOLO et AMORIS

1ʳᵉ LIVRAISON.

Honte à toute plume vénale
Qui, d'un art faisant un métier,
Et s'avilit et se ravale
Bassement se faisant payer.

Honte à toute plume immodeste
Qui corrompt et ternit les mœurs ;
Ce fléau, pire que la peste,
Révolte tous les nobles cœurs.

A ces excès je ne me livre ;
J'écris tel que Dieu commanda.
La vertu parle dans mon livre ;
La vertu, c'est ÉZAÏDA.

Se vendent au profit des Pauvres.

« Payez la dîme à l'indigence,
« Et le Bon Dieu vous bénira. »
(Le Bon Pasteur.)

Prix : 40 centimes.

SE VENDENT :

A BORDEAUX, CHEZ FÉRET, LIBRAIRE, FOSSÉS DE L'INTENDANCE.
à Paris, chez les principaux libraires,
et un peu partout.

1859.

AVIS.

Rimes libres ; raison raisonnable ; vers faciles ; *ortografe* **sans**
gêne ; « avec la gêne pas de plaisir. »

Depuis vingt ans je suis *génée ;*
Je remue à peine les bras,
Et dans mon fauteuil enchaînée,
Je ne peux faire quatre pas.
Dans les *liens* de la souffrance
Je suis, sans pouvoir m'en sortir ;
Et je dis, par expérience :
« *La géne n'est pas du plaisir.* »

MON ADRESSE.

Je demeure au lieu que j'habite ;
Je ne suis qu'en un seul endroit ;
Si l'on veut me rendre visite,
Qu'on suive la route tout droit.
Ma maison, c'est là ma demeure ;
Quand je chante on entend ma voix.
Malade, on me trouve à toute heure ;
Sans être au bois je suis AU BOIS.

AU MARÉCHAL PÉLISSIER.

À propos de l'espérance et de l'hirondelle, poésie d'Alfred de Musset,
vers auxquels le maréchal a répondu.

Maréchal, laissons l'hirondelle
Qu'on n'attrappe point aisément ;
Laissons l'espérance infidèle
Qui fuit encor plus promptement ;

Laissons d'Alfred les vers maussades ;
Ce rimeur m'a toujours déplu.
Après avoir lu ses tirades,
On s'aperçoit qu'on n'a rien lu.
Parlons de vos nombreux faits d'armes,
Des lauriers dont ils sont couverts :
Ces vers là, plus remplis de charmes,
Électriseront l'univers.

MÊME SUJET.

Le maréchal, marchant tambour battant,
A pris plus d'une citadelle ;
Mais à coup sûr, jamais, même en courant,
Il n'a pu prendre une hirondelle.

MOT DE M. DUBOSCQ,

Procureur du roi à Libourne,

A l'occasion des anciennes AIGUILLES en 1843

Jadis du roi le procureur,
Parlant, plaidant sur mon ouvrage,
Dit devant tout l'aréopage :
« *Je peux tout haut nommer l'auteur,*
« *Car son livre lui fait honneur.* »
J'accepte ce mot de grand cœur.
Quant à moi j'ai toujours su vivre
Dans la sagesse et le labeur.
Si mon livre me fait honneur,
Moi, je fais honneur à mon livre.

RÉCLAME D'ÉZAIDA.

Lisez mon livre et ma réclame ;
De tous les deux je suis l'auteur.
Pour mes AIGUILLES, je réclame
La *rigidité* du lecteur.
Tout en restant juge équitable,
Qu'il soit sévère pour mes vers,
Comme je suis inexorable
Contre les vices des pervers.

En riant, les mœurs, je châtie ;
Mes traits piquants n'ont peur de rien ;
Je suis prompte à la répartie ;
Je frappe juste et toujours bien.
C'est l'amour du beau qui m'inspire ;
La VERTU j'exalte en tous lieux ;
Et le mordant de ma satire
Au VICE fait baisser les yeux.

NOUVELLES AIGUILLES

« Castigo, ridendo, mores. »
Les mœurs, en riant, je châtie.

1

C'est Paris qui donne les modes ;
Vraiment, il n'a pas mauvais goût !
De son centre il répand partout
Des crinolines incommodes :
(Jupon en ballon fabriqué,
D'où sort un corsage étriqué.)
Il expédie aux antipodes
Chapeaux pointus et bonnets plats.
Paris, Paris, garde tes modes,
Vénus et moi n'en voulons pas.

2

Un rhéteur, c'est un homme habile
Qui ne pense pas ce qu'il dit.
L'auditeur n'est pas imbécile,
Il connaît son homme, il en rit

3

Je meurs ; quel rhéteur, je vous prie,
Assez habile en son métier,
Pour convaincre le monde entier
De telle ou telle autre folie,
Pourrait convaincre Ézaïdie,
Que les médecins l'ont guérie ?

POST-SCRIPTUM.

Je suis malade et bien malade ;
Jusqu'au ciel mes cris ont monté.
Sur moi, du sort, quelle incartade ! !
Je suis malade et bien malade :
Tout l'univers, j'en persuade,
Par le CRI de la vérité.

4

Près de femme qui sait charmer,
Le cœur bien aisément s'explique,
Et la meilleure rhétorique,
C'est de lui plaire et de l'aimer.

5

Un fat allume la colère ;
Un médecin donne la mort ;
Mais un prédicateur en chaire,
C'est un homme qui nous endort.

6

J'ai tout perdu dans ma prison funeste ;
Messieurs, n'ayez point de courroux :
Laissez-moi me moquer de vous,
C'est le seul plaisir qui me reste. »

Je prise peu le genre humain.
Pour blamer mille et mille usages,
J'ai mes raisons qui sont fort sages;
Mais je vous les dirai demain.

8

Du dévergondage des mœurs
Le ciel s'indigne et je m'irrite.
Voyez, en France, comme ailleurs,
Il est peu de chaste Hypolite.

9

Près de femme l'homme est un sot
S'il est froid et s'il ne dit mot.
Lui tenir un lascif langage,
Oser ne vaut pas davantage.
Un sot Hypolite est un sot;
Un chaste Hypolite est un sage.

10

A M. S***, MAGISTRAT,

Qui m'a récemment envoyé trois oranges.

Monsieur, j'accepte avec plaisir
Vos pommes d'or bien arrondies;
Ce fruit excite le désir,
Tel que fleurs et femmes jolies.
A Vénus, Paris, autrefois,
Offrit galamment une pomme;
Vous êtes bien plus galant-homme,
Monsieur, vous m'en envoyez trois.

11

C'est Dieu qui fait trouver la cadence et la rime ;
Le génie il inspire en tout temps, en tout lieu :
Un vers heureux, un passage sublime,
Sont émanés de Dieu.

12

Partout domine le vice
Et l'audace des pervers :
Fraude, luxure, avarice,
Se disputent l'univers.
De Dieu craignez là justice :
L'Éternel, du haut des cieux,
Voit les crimes de la terre ;
Dieu saura, dans sa colère,
Les foudroyer en tous lieux.

13

Sot savant, mauvais poète,
Sans vous voir je vous connais ;
Vous m'avez cassé la tête,
Je veux vous casser le nez.

14

Des gens insensés, m'a-t-on dit,
Parlent d'Ézaïda-prophète,
Disant que j'ai perdu la tête,
Jurant que j'ai perdu l'esprit.
Mon esprit pourtant n'est pas bête ;
Je crois l'avoir bien conservé ;
Si je l'ai perdu de ma tête,
Tant de sots ne l'ont pas trouvé.

15

Une femme est une rose
Que l'amour voudrait cueillir.
Chacun parle et chacun cause :
Femmes, tremblez de faillir.
Vous pourriez perdre la rose
Et la honte recueillir.

16

La crinoline est un ballon,
Jupon raide, plus rond que long.
Jamais on ne vit Zaïdine,
Ni les Grâces en crinoline.

17

Femme aimable, jeune et jolie,
Peut charmer, enivrer le cœur ;
Mais pour qu'elle soit accomplie
Il lui faut sagesse et pudeur.

18

Dans ma vie on fouille et refouille
Sans y rien découvrir encor,
Rien qui la ternisse et la souille.
Méchants, songez bien que la rouille
Ne peut jamais attaquer l'or.

19

Femmes, croyez à la chaste Ézaïde.
Je désire pour vous, santé, joie et bonheur ;
Mais je vous dis : Fuyez amour perfide,
Gardez au front l'ÉTOILE DE L'HONNEUR.

20

Qu'un rimeur chante sa Glicère,
Qu'un amant chante sa Chloris,
De ces dames je n'ai que faire,
Et de leurs chanteurs je me ris.
Moi, que le vrai génie inspire,
Dont le Luth Orphée accorda,
Je ne veux chanter sur ma lyre
Que le beau nom d'Ézaïda.

21

AUX MESSIEURS.

Je suis femme : j'ai mon empire ;
Contre moi que pourriez-vous dire
Qui ne blessât l'urbanité ?
Je suis malade...... quel martyre !!
Contre moi que pourriez-vous dire
Qui ne blessât la charité ?

22

Du pauvre honnête et bon Ézaïde est l'amie.
Je souffre.... Je connais la peine et la douleur.
Du pauvre je voudrais adoucir le malheur.
La misère étiole et tourmente la vie.

Puisse à la fois et ma lyre et mes vers,
Au profit du malheur attendrir l'univers.

23.

SUR ALEXANDRE DUMAS.

Alexandre (non pas le grand),
Mais le tout petit Alexandre ;
Dumas, le faiseur de roman,
De son piédestal va descendre :

Écrivain bavard et fécond,
Dont les écrits n'ont point de fond,
Il restera dans la boutique,
Soit chez Didot, soit chez Cerci,
Avec tel et tel romantique,
« *Et le bienheureux Scudéri.* »

POST-SCRIPTUM.

Un bon écrit doit toujours vivre.
Il peut, tout comme un mauvais livre,
Dans la boutique demeurer.
La postérité qui doit suivre
Sait, avec honneur, l'en tirer.

24

A FEU BÉRANGER

Qui, dans ses derniers vers, demande une larme à la France.

Tes derniers vers, ô Béranger !
Sont froids comme la froide tombe.
Se tordant pour les arranger,
Ta muse et faiblit et succombe.
Tes adieux n'ont pu me toucher ;
Pour mon cœur ils ont peu de charme.
Tu ne demandes qu'une larme ;
Faut-il encor me l'arracher.

POST-SCRIPTUM.

Tout s'éteint quand s'éteint la vie.
Je meurs..... Je sens en expirant
Pourquoi de Béranger la muse balbutie.
Muse aimable, mais qui souvent
A chanter les Laïs s'est par trop avilie ;
Mais je pardonne tout au poète mourant,
Même sa faible poésie.

25

A VOLTAIRE.

J'admire tes meilleurs écrits,
Et quelques beaux traits de ta vie.
Tes vers mordants sont d'un grand prix,
Surtout contre l'hypocrisie.
Mais quand tu vantes Pompadour ;
Quand tu chantes l'immodestie,
Le vil, le condamnable amour,
Et les faux plaisirs de la vie,
Alors mon esprit irrité
Se dresse, afin de te confondre ;
Et, malgré ton habileté,
Tu ne saurais quoi me répondre.

26

A JEAN–JACQUES ROUSSEAU.

Ah ! que je t'aime ami Rousseau !
Ami Jean-Jacques que je t'aime !
Ton style pathétique et beau
Enivre et chatouille à l'extrême.
Ton cœur est généreux et bon ;
Mais tu perds, par trop, la raison
Avec de Warens et Larnage,
Dames, *sans mœurs*, du haut parage.
Je leur voudrais un meilleur ton,
Je te voudrais un peu plus sage.

27

Sans reproche est Ézaïdie :
Sur la sainteté de la vie
Elle peut donner des leçons.
A la vertu toujours fidèle,
Des héros elle est le modèle ;
Et les plus grands hommes, près d'elle,
Seraient de bien petits garçons.

28

SUR FÉNÉLON.

A tous les prélats je désire
La charité de Fénélon.
Son cœur était sensible et bon.
Fénélon j'honore et j'admire !
Son Télémaque est bien écrit.
Mais il endort.... et l'on peut dire :
C'est un bon livre sans esprit.

29.

Si Bossuet et Fénélon,
Rousseau, Voltaire et Compagnie,
Me visitaient dans ma prison ;
Moi, je leur dirais sans façon :
Messieurs, seoyez-vous, je vous prie,
En attendant ma guérison.

30

« *Tous les genres sont bons hors le genre ennuyeux* »
A dit, je crois, l'ami Voltaire.
Il a raison ; je ne dirais pas mieux.
J'ajouterai pourtant, dussé-je lui déplaire,
Tous ; hors le genre vicieux.

31

SUR LAMARTINE,

Poète de Macon.

Lamartine, court en finance,
A vidé son dernier flacon :
Il se répand en doléance ;
Il en remplit toute la France.....
Chacun aimerait mieux, je pense,
Quelques bouteilles de Macon.

32

Lamartine, en vogue autrefois,
A fait des écrits magnifiques ;
Des vers pompeux et séraphiques,
Mais qu'on ne relit pas DEUX FOIS.

33

Vous débouchez une bouteille fine ;
J'en veux goûter à mon repas.
C'est du Macon ?.... *Non, c'est du Lamartine.*
Gardez, Monsieur, je n'en bois pas.

POST-SCRIPTUM.

Puissé-je, triste Ézaïdine,
Voir s'éclaircir mon horizon
Et trinquer avec Lamartine
En honneur de ma guérison !

34

SUR LE POÈTE DE BORDEAUX,

Jules Gères; Vadius moderne.

Dans un des journaux éphémères,
Qu'on va publiant dans Bordeaux,
J'ai lu récemment, d'un sieur Gères,
Les vers fades quoique nouveaux.
Ce rimailleur se nomme Jules,
(Mais ce n'est point Jules César.)
Ses vers petits et ridicules
Sont faits sans esprit et sans art.
Que notre siècle dégénère !!
Un certain Octave Girau
Ose louer les vers de son confrère :
Moi, de tous deux, je dis avec Molière :
« *Quoi ! vous avez le front de trouver cela beau !!!* »

35

AU SIEUR LATERRADE,

Autre louangeur de Jules Gères.

J'ai dit que j'avais lu, d'un certain Jules Gères,
Les petits vers soporifères ;
Et qu'un sieur Octave Girau
» *Avait le front de trouver cela beau !* »
Tu fais aussi chorus, compère Laterrade !
Comment peux-tu louer ce fade rimailleur ?
Il faut qu'il soit ton camarade,
Ou que tu sois un mauvais connaisseur.

36

SUR OCTAVE GIRAUD,

Qui publie aussi un recueil de poésies.

Giraud, le louangeur de Gères,
Publie aussi ses petits vers,
Et Duboul, un de ses confrères,
Les exalte à tout l'univers.
Tous ces écrivains sans génie
S'encensent, je crois, un peu trop.
Le poète Octave Giraud
N'a qu'un défaut.... *c'est qu'il ennuie.*

A L'ITALIE.

O mon berceau, ma première patrie !
O mon pays, ô ma chère ITALIE !
Mes vœux pour toi vers le ciel ont monté :
Contre tes oppresseurs mon sang s'est irrité ;
Que ne puis-je t'aider, au péril de ma vie,
A recouvrer ta LIBERTÉ !

Ezaïda,
Muse parthénopéenne,
Ezaïda,
Musa parthenopea.

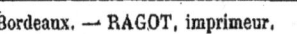

Bordeaux. — RAGOT, imprimeur.

AVIS D'ÉZAÏDA.

Les *Nouvelles Aiguilles* datent de 1854 jusqu'à aujourd'hui. Elles auront plusieurs livraisons.

Ezaïda fera publier successivement plusieurs autres ouvrages poétiques,

SAVOIR :

Trois Lamentations.
Douleurs d'Ézaïda ou Gloire à ma Mère.
La Fraude.
Les Pipeurs.
Des Fables nouvelles.

Le Poème sans nom.

DEUX SATIRES, SAVOIR :

Le Déshabillé.—Les Huit Sous.

La Tempête Théologique.

La Tempête sifflante ou quatre-vingt et quelques épigrammes contre Philippe-Noël-Paul-David, agresseur d'Ézaïda, comme aussi la 3me édition des ANCIENNES AIGUILLES, ainsi que quelques compositions musicales, dont la première sera *le Réveil de la Lyre.*

LE TOUT AU PROFIT DES PAUVRES.

AVIS D'ÉZAÏDA.

EN VENTE, UN PEU PARTOUT, ZOLO et AMORIS,
C'est une églogue et qui n'a point de prix.
Cette divine poésie,
Ce chef-d'œuvre d'Ézaïdie.
Ecrit en langage des Dieux,
Au profit du malheur, doit se vendre en tous lieux.

NOTA. — L'antique manoir d'Ézaïde se nomme AU BOIS.
Ézaïda est née à Naples, d'un officier Français et d'une dame Italienne.

www.ingramcontent.com/pod-product-compliance
Lightning Source LLC
Chambersburg PA
CBHW061413170626
46811CB00005B/1981